当代诗人自选诗

# 诗歌散记

大解——著

《星星》历届年度诗歌奖获奖者书系

梁　平　龚学敏　主编

四川文艺出版社

# 星星与诗歌的荣光

梁　平

　　《星星》作为新中国第一本诗刊，1957年1月1日创刊以来，时年即将进入一个花甲。在近60年的岁月里，《星星》见证了新中国新诗的发展和当代中国诗人的成长，以璀璨的光芒照耀了汉语诗歌崎岖而漫长的征程。

　　历史不会重演，但也不该忘记。就在创刊号出来之后，一首爱情诗《吻》招来非议，报纸上将这首诗定论为曾经在国统区流行的"桃花美人窝"的下流货色。过了几天，批判升级，矛头直指《星星》上刊发的流沙河的散文诗《草木篇》，火药味越来越浓。终于，随着反右运动的开展，《草木篇》受到大批判的浪潮从四川涌向了全国。在这场声势浩大的反右运动中，《星星》诗刊编辑部全军覆没，4个编辑——白航、石天河、白峡、流沙河全被划为右派，并且株连到四川文联、四川大学和成都、自贡、峨眉等地的一大批作家和诗人。1960年11月，《星星》被迫停刊。

　　1979年9月，当初蒙冤受难的《星星》诗刊和4名编辑全部改正。同年10月，《星星》复刊。臧克家先生为此专门写了《重现星光》一诗表达他的祝贺与祝福。在复刊词中，几乎所有的读者都记住了这几句话："天上有三颗星星，一颗是青春，一颗是爱情，一颗就是诗歌。"这朴素的表达里，依然深深地彰显着《星星》人在历经磨难后始终坚守的那一份诗歌的初心与情怀，那是一种永恒的温暖。

时间进入20世纪80年代，那是汉语新诗最为辉煌的时期。《星星》诗刊是这段诗歌辉煌史的推动者、缔造者和见证者。1986年12月，在成都举办为期7天的"星星诗歌节"，评选出10位"我最喜欢的中青年诗人"，北岛、顾城、舒婷等人当选。狂热的观众把会场的门窗都挤破了，许多未能挤进会场的观众，仍然站在外面的寒风中倾听。观众簇拥着，推搡着，向诗人们"围追堵截"，索取签名。有一次舒婷就被围堵得离不开会场，最后由警察开道，才得以顺利突围。毫不夸张地说，那时候优秀诗人们所受到的热捧程度丝毫不亚于今天的任何当红明星。据当年的亲历者叶延滨介绍，在那次诗歌节上叶文福最受欢迎，文工团出身的他一出场就模仿马雅可夫斯基的戏剧化动作，甩掉大衣，举起话筒，以极富煽动性的话语进行演讲和朗诵，赢得阵阵欢呼。热情的观众在后来把他堵住了，弄得他一身的眼泪、口红和鼻涕……那是一段风起云涌的诗歌岁月，《星星》也因为这段特别的历史而增添别样的荣光。

成都市布后街2号、成都市红星路二段85号，这两个地址已经默记在中国诗人的心底。直到现在，依然有无数怀揣诗歌梦想的年轻人来到《星星》诗刊编辑部，朝圣他们心中的精神殿堂。很多时候，整个编辑部的上午时光，都会被来访的读者和作者所占据。曾担任《星星》副主编的陈犀先生在弥留之际只留下一句话："告诉写诗的朋友，我再也不能给他们写信了！"另一位默默无闻的《星星》诗刊编辑曾参明，尚未年老，就被尊称为"曾婆婆"，这其中的寓意不言自明。她热忱地接待访客，慷慨地帮助作者，细致地为读者回信，详细地归纳所有来稿者的档案，以一位编辑的职业操守和良知，仿佛春风化雨，润物无声地温暖着每一个《星星》的读者和作者。

进入21世纪以后，《星星》诗刊与都江堰、杜甫草堂、武侯祠一道被提名为成都的文化标志。2002年8月，《星星》推出下半月刊，着力于推介青年诗人和网络诗歌。2007年1月，《星星》下半月刊改为诗歌理论刊，成为全国首家诗歌理论期刊。2013年，《星星》又推出了下旬刊散文诗刊。由此，《星星》诗刊集诗歌原创、诗歌理论、散文诗于一体，相互补充，相得益彰，成为全国种类最齐全、类型最丰富的诗歌舰队。2003年、2005年，《星星》诗刊蝉联第二届、第三届由中宣部、国家新闻出版总署、国家科技部颁发的国家期刊奖。陕西一位读者在给《星星》编辑部的一封信中写道："直到现在，无论你走到任何一个城市，只要一提起《星星》，你都可以找到自己的朋友。"

2007年始，《星星》诗刊开设了年度诗歌奖，这是令中国诗坛瞩目、中国诗人期待的一个奖项。2007年，获奖诗人：叶文福、卢卫平、郁颜。2008年，获奖诗人：韩作荣、林雪、茱萸。2009年，获奖诗人：路也、人邻、易翔。2010年，获奖诗人、诗评家：大解、张清华、聂权。2011年，获奖诗人、诗评家：阳飏、罗振亚、谢小青。2012年，获奖诗人、诗评家：朵渔、霍俊明、余幼幼。2013年，获奖诗人、诗评家：华万里、陈超、徐钺。2014年，获奖诗人、诗评家：王小妮、张德明、戴潍娜。2015年，获奖诗人：臧棣、程川、周庆荣。这些名字中有诗坛宿将，有诗歌评论家，也有一批年轻的80后、90后诗人，他们都无愧是中国诗坛的佼佼者。

感谢四川文艺出版社在诗集、诗歌评论集出版极其困难的环境下，策划陆续将每年获奖诗人、诗歌评论家作品，作为"《星星》历届年度诗歌奖获奖作者书系"整体结集出版，这对于中国诗坛无疑是一件功德无量的举措。这套书系即将付梓，我也离开了《星星》主编的岗位，但是长相厮守15年，初心不改，离不开诗歌。我期待这套书系受到广大读者的青睐，也期待《星星》与成都文理学院共同打造的这个品牌传承薪火，让诗歌的星星之火，在祖国大地上燎原。

2016年6月14日于成都

# 目录

## 第一辑　现场记

## 第二辑　深思记

## 第三辑　原乡记

## 第四辑　行走记

| 第一辑 | 现场记

# 河　套

河套静下来了　且反并没有走远
空气正在高处集结　准备更大的行动

河滩上　离群索居的几棵小草
长在石缝里　躲过了牲口的嘴唇

风把它们按倒在地
但并不要它们的命

风又要来了　极目之处
一个行人加快了脚步　后面紧跟着三个人

他们不知道这几棵草　在风来以前
他们倾斜着身子　仿佛被什么推动或牵引

2007年4月6日

# 原野上有几个人

原野上有几个人　远远看去

有手指肚那么大　不知在干什么

望不到边的麦田在冬天一片暗绿

有几个人　三个人　是绿中的黑

在其间蠕动


麦田附近没有村庄

这几个人显得孤立　与人群缺少关联

北风吹过他们的时候发出了声响

北风是看不见的风

它从天空经过时　空气在颤动


而那几个人　肯定是固执的人

他们不走　不离开　一直在远处

这是一个事件　在如此空荡的

冬日的麦田上　他们的存在让人担心

2002年12月18日

# 衣　服

三个胖女人在河边洗衣服
其中两个把脚浸在水里　另一个站起来
抖开衣服晾在石头上

水是清水　河是小河
洗衣服的是些年轻人

几十年前在这里洗衣服的人
已经老了　那时的水
如今不知流到了何处

离河边不远　几个孩子向她们跑去
唉　这些孩子
几年前还待在肚子里
把母亲穿在身上　又厚又温暖
像穿着一件会走路的衣服

2006年9月13日

# 去山中见友人

山村里没有复杂的事物
即使小路故意拐弯　我也能找到
通往月亮的捷径

可是今夜　我要找的是
一座亮灯的屋舍
那里母鸡经常埋怨公鸡
不该在子夜里打鸣

那里有一个憨厚的兄长
从他的络腮胡子上
你可以看到毛茸茸的笑容

我想我突然敲开他的门
他会多么高兴

山村里没有复杂的事物
我去找他　就真的见到了他

他确实笑了　高兴了

一切就这么简单
李白去见汪伦的时候也是如此

2007年4月27日

# 原　野

从太行山滑下的西风　顺着斜坡和山口

疏散在华北平原上　走出麦田的人

在傍晚镀上一身金光

他已摘下草帽　甚至松开了绳子

让白云自己滑翔


原野太空旷了　我不由地

张开双臂　看到自己的身影

越拉越长　像伸出体外的十字架

倒在地上


传说这是一个路口

可以通往故乡


此时夕阳西下　一个大于自我的人

正在融入这个世界　并展开了翅膀

当我认出他　说出他的身世

语言褪去了花纹　像波浪起于麦田一角

遇到泥土后恢复了平静

2013年5月29日

# 秋 天

在河水北部，几个汉族人在田间劳作。
云片已经飞到了天外，仍被秋风追逐。

平原尽头突然冒出一列山脉，
有什么用啊，能阻挡谁啊。

时间？流水？盗贼？
那出现又消失的，多数是幻影。

汉族人在田间劳作，没有抬头。
几千年前也是如此。

人们日出而作，日入而息。
啊，秋天来了，我不能在此久留。

2014年9月3日

# 在河之北

在河之北，并非我一人走在原野上。
去往远方的人已经弯曲，但仍在前行。

消息说，远方有佳音。
拆下肋骨者，已经造出新人。

今夕何夕？万物已老，
主大势者在中央，转动着原始的轴心。

世界归于一。而命运是分散的，
放眼望去，一个人，又一个人。

走在路上。风吹天地，
烈日和阴影在飘移。

在河之北，泥巴和原罪都有归宿。
远方依然存在，我必须前行。

2014年7月29日

# 北 风

夜深人静以后　火车的叫声凸显出来
从沉闷而不间断的铁轨震动声
我知道火车整夜不停

一整夜　谁家的孩子在哭闹
怎么哄也不行　一直在哭
声音从两座楼房的后面传过来
若有若无　再远一毫米就听不见了
我怀疑是梦里的回音

这哭声与火车的轰鸣极不协调
却有着相同的穿透力
我知道这些声音是北风刮过来的
北风在冬夜总是朝着一个方向
吹打我的窗子
我一夜没睡　看见十颗星星
贴着我的窗玻璃　向西神秘地移动

2002年11月30日

# 她倒退了一步

她倒退了一步　但很快

就稳住了身子　继续前行

风不能阻止她　风只能吹在她身上

吹吧　一个年过七十的老人

还有什么可以惧怕


她倒退了一步　是因为

她手里提着两个大塑料袋

里面灌满了北风

这是北京最冷的一天

在东三环某个衚衕口　她出现

又被风推了回去


但她只倒退了一步　就稳住了身子

我看见她瘦小　弯曲　衣衫破旧

身体倾斜着　迎向风

塑料袋几乎要飘起来

又被她牢牢控制住

北风再次经过她时

容忍了她的衰老　也允许她

在人群中消失

2005年1月30日

# 鸟群落在树上

树叶落光之后　使我有机会

清楚地看见鸟群　它们落在树上

从一个树枝跳向另一个树枝

一会儿也不老实　像一群孩子

集体逃学那么高兴


光裸的树枝上

一群大鸟中间夹杂着一群小鸟

两种鸟　长尾巴和短尾巴

发出不同的叫声


有时树枝上只有一两只鸟

从别处飞来

叫一阵　又飞走

在鸟迹消弥的远方

积雪的山脉上空泛着白光

几片薄云回到了天顶

这些落在树上的鸟

不是来自山后

它们飞不了那么高　那么远

它们只在树上玩耍　做巢　下蛋

不像掠过上苍的星星　从不停留

也不在人间留下阴影

2003年12月25日

# 冬　日

麻雀翘了几下尾巴，转过身，
从树枝上弹开。它跃起的细枝上没有叶子，
整棵树都光了，整片树林都裸着身子，
站在地上，无处可去。
我也是。

天空并非无边，但笼罩树林和原野，
还有剩余。能否给我一点点？

也罢。大地如此辽阔、
何苦在天上安魂。

这时来自云片后面的一群鸟，
凌空而过，不在树林里停留。
我打了个寒战。我太孤单了。
幸好北风及时吹来，
北风，还无力把我带走。

2014年12月15日

# 老邻居

一群蚂蚁在墙脚下住了多年
它们早出晚归　把叶片和小虫搬回家里
一路跌跌撞撞　有时一只甲虫的尸体
会把它们累坏　甚至耗去半天的时光

有时我蹲下来观察蚂蚁
但更多的时候　我忙碌
骑车　坐车　人多拥挤
蚂蚁的小脚走上一年　也到不了那么远的地方

我认识一只年老的蚂蚁
它死的时候　把搬运的货物丢在路上
它仰面朝天　好像睡着了
在一座喧嚣的城市　除了我
没有人知道它已经死亡

我说的是小蚂蚁　又黑又瘦　束着细腰
在我的楼下一住就是多年

我们已经是老邻居了

但我经常忽略它们的存在

也许在蚂蚁的眼里　　人类都在瞎忙


2005年10月4日

# 玻　璃

对面楼上　一个女孩在擦玻璃

居住多年了　我从没发现这座楼里

竟有如此漂亮的姑娘

我恍惚记得　有一个小丫头

每晚坐在台灯前写作业

有时星星都灭了　她依然在写

仿佛只有灯光才能养育一个女神

现在她突然长大　出现在晨光里

用玻璃掩饰自己的美　用手（而不是布）

擦去玻璃上的灰尘

她擦得那么认真　专注

不留一点瑕疵　她把玻璃擦成了水晶

她把水晶还原成水

使我更清晰地看到

来自于画布的一个少女

把神话恢复为日常的活动

整个早晨　我在窗前注视着她

见她一边擦拭　一边微笑

最后她拉开了窗子

让阳光直接照在脸上

我看见她的脸　闪着光泽

有着玻璃的成分

2007年10月23日

# 一个修自行车的人

一个曾经给我修过自行车的人

现在我找不见他

在街道的拐角

他的烂摊子总是摆在那儿

脏兮兮的帽子　乌黑的手

而脸却红得发紫　现在他不在

已经很久不在了　他的地盘空着

只有落叶和废塑料袋簌簌地抖动


秋天的街道空荡而寒凉

总有一些人走出街口

永远不再出现　假如他缩着脖子

突然出现在我面前

我该是大叫呢还是出一身冷汗？


有人传言　那个修车人没了

传说他溶化在空气里了

有人曾经看见过他的脸　浮出记忆

一闪就不见了

他修车的地方只有风

和过往的行人 而他不在

他不在此处 也不在别处

2002年10月21日

# 天　光

雨越下越小　最后变成了绒毛
绒毛散尽以后？　阳光穿透云彩的缝隙
斜射下来　越过远山向平原移动

天光泄漏的地方　有人走进麦地
把麦子捆在一起　斜搭在肩上

这是多年以前的景象了　如今
收割机抢在乌云之前开进田野
要么被大雨拍死　要么将麦子一扫而光

也有天光乍现之时　当远山一跃而起
挡住了南风的去路　总有一些人
闪现出皮肤的光泽　赤膊走在原野上

我不一定认识他是谁
既然他敢在云彩开裂处行走
他就有可能在天光的跟踪下离开自我

找到神的故乡

雨越下越小　最后云开雾散
土地暴露出坑洼和水泊　满地都是阳光
我不由得转过身　向后望去
看见往年的流水　一片迷茫

2009年7月9日

## 暴雨即将来临

先是云涌　尔后风起
最后一道阳光在群山之巅消失
从那打着旋涡的云脚处　下沉的风
带来恶意　把树冠按向地面
又揪起我的头发　像玩弄一支毛笔

我急忙跑下山坡
在闪电裂开之前　人们心怀恐惧

从前我是否做过错事？据说
雷霆劈开一个坏人　咔的一声
裂成两半　然后扬长而去

此刻雷声尚在远处　云还在下沉
小路逃向深山　在我的脚下卷曲
我越来越慢　真的跑不动了
天啊　饶了我吧

就在此时　雨幕从黑黢黢的远方

悬挂着向前飘移

群山降低了高度　最后完全消失

我被天空威胁　说出了原罪

然后跪下　等待宽恕或被一阵风轻轻扶起


　　　　　　　2009年7月11日

# 日 暮

华北走廊尽头　一只甲虫在墙角下打洞
它的屁股对着平原　头钻进土里
爪子往外刨土　落日的余晖照在它的尾巴上
有一点点反光

秋风穿过走廊
在傍晚时分吹拂在甲虫身上　黑甲虫
对挖坑有着天然的兴趣　它忙着
也许正是由于凉意　加深了它的忧虑
急于建造一个安身的小窑洞

一个小孔在忙碌中渐渐形成
甲虫已经钻到了深处　用屁股推出松土
我真有点羡慕它的窝了　但我肯定住不了

整个过程　我都在观看　在欣赏
甲虫没有一丝察觉　它不知道
太阳落下时溅起了漫天霞光

用不多久　人类的灯盏也将次第亮起

而它的家是黑的　我一直在想　它的灯

不是藏在心里　就一定悬在天上

2010年1月18日

# 在旷野

在乌云聚集时出走　这无疑是

一种对抗的信号　容易引起天空的愤怒

我说的没错　先是闷雷在远处轰响

随后山脉在暗中移动

这时奔跑已经来不及了

一旦空气也跑起来　暴雨随即来临


最使我心慌的是

一股旋风也在追我　这个家伙

我好像在哪儿见过　我用手指着它

厉声喝道：呔！不要再追我！

它就站住了　随后化解在空气中


暴雨来临时　灵魂是虚弱的

在追逼之下　我敢跟它拼命


这时悬挂着雨幕的黑色云团

铺排而来　第一个砸在地上的

不是雨点　而是雷霆

与我一起承受打击的还有荒草

蚂蚁　甲虫　和旷野上的石头

它们比我还要卑微和恐慌

却坚持着　从未埋怨过自己的命运

2010年2月4日

# 起 身

我已经在河滩里走了一天了

不能再走了　一旦山口突然张开

会把我吸引到黄昏弥漫的平原上

被暮色包围　而灯火却迟迟不肯出现


为了把我缩小　平原会展开几千里

让石头飘得更高　成为远去的星辰


如果我往回走　山脉肯定会阻拦

要想推开那些笨重的家伙实在是费劲


想到这里　我就坐了下来

我真的愁了　究竟如何是好呢


就在我发呆的瞬间

从平原涌进山口的风　带着尘土

吹进了我的裤腿和袖口　与我心里的凉

正好相等　我脱口而出：就这么着啦

说完　我就起身

2010年3月4日

## 清晨的日光

博物馆前面　散落着鸽子粪的广场迎来清晨
日光不分好歹一律覆盖　尚未落地的光正走在空中
就在不经意间有稀疏的影子从地上倏然掠过
有人喊道：鸽子　鸽子　正在天上飞行

2010年6月5日

# 眺　望

染上了浮光的山巅　此时正在加冕

并接受了王冠　我欣喜地看见

鸟群在风里散开　仿佛信使

领受了不可言传的话语


每当这时　我都要给上苍写信

一句　两句　用心地

说出一个愿望


这里没有晚祷的钟声

在白楼和山巅之间

是空气带着余晖在浮动

当我抬起头来　感受体内的震颤

总会有一种力量　穿越心灵


此刻白昼将熄　太阳的光

正从尘世退回到天空

我知道这不断重现的景象意味着

生存之奥秘　让人领略造物之神奇
并深深地感恩

2011年3月3日

# 浮　云

火彩飘在天空　从流霞中穿过的云雀

已经染上一层颜色　晚风也添加了许多晕红

这时整个西天都在燃烧　神在扑火

说实话　我没有帮他

而是远远地看着云阵下面

肉体的浮云


此时没有钟声　我却分明感到

时间的轴心在运转　围绕它的

是万物之命


我说出这些

是否有些过分？


就在我忏悔的时候　晚风从背后吹来

我转身看到黄昏正在翻越山脊　向西缓缓迫近

一边是激情在燃烧　一边是灰烬在下沉

我夹在中间　不觉几十年过去

神啊　你能否告诉我什么是人生？

2011年3月18日

# 春天里

从风向推断　那些摇晃的人们
最终将与春天和解　承认现实的可靠性
那些脚印　身影　呼吸　喊声　笑容
都是真的　在他门呈现自身以前
梦境已经分解和消化了生活的另一面
把幻影转换为现场

这时老人　丫头　小屁孩儿
都在彰显着活力
乞丐也换上了单衣　健步走在路上

我跟三个熟人打招呼
他们的笑容分散在两腮　而眼睛
被挤在一起　眯成了一道缝

在春天　超越前人只需要半斤力气
引领来者则需要速度和激情
我顾不上回答人们的问候　快步走着

几乎要飞起来　若不是我及时伸出一只胳膊

把自己拦住　我将冲到自己的前面

2011年3月21日

# 春　天

阳光太强了　即侯站在树下

也能看见她的耳朵和半边脸　干净而透明

她有七八个姐妹　叽叽喳喳地议论着什么

除了说笑　动作多于表情


这些女孩子　如果不是来自学校

就是来自天堂　上帝给予她们的快乐

被青春所吸收　然后完全释放

在空气中


这是城中的一个车站

在等车的短暂时间里　我把树影让给她们

假装看着别处　以便她们放肆地

笑成一团　弯腰扣打

毫不在意远方的薄云　为此稍作停留

2011年4月18日

# 橡树林

树木的果实结在枝头　人的果实结在体内
成熟以后落地发出哭声　为什么要哭？
我细听着橡子落下时轻微的呼喊　它在空中
胆怯　颤抖　下落　充满了惊险
之后有风吹过　之后是长久的寂静

一个人刚刚来到世上　为什么要哭？
我要的是结论　得到的却是疑问

我这样想时　又一个橡子从枝头落下
害怕和慌张　让我的心也悬了起来
之前吹过的风又回来了　之前的寂静
在加深

我沉迷于人世已经多年　突然感到
生命的法则在暗中传递　有着不为人知的秘密
也许我的疑问　就是奇迹的原因

                              2012年1月27日

# 路过，但没有停留

道路拐弯处　一所学校空了
空气填满了操场　风吹到墙角又折回
钻出栅栏疏散在旷野二

放假了　孩子们留下的影子
已经融化　脚印也被橡皮擦掉

多年前有一群学生
在校园里跑步
那个头发飘起来的女生
我并不认识

我只是路过　偶尔看了一眼
今日也是　心是空的
谁生谁死　我几乎全无所知

2012年11月2日

# 晚 秋

笑起来没完的丫头　把满心的喜悦

都释放在空气中　她搂着同学的肩膀

边走边要赖　身后的大书包

几乎要颠起来


突然　她顺手在空中

抓住一片落叶

插在同学的头发上　接着笑


两个丫头　根本不知道凉风

已经从郊区冲进城里

正在追捕一些阴影和老人


她们放学了　三三两两地走着

整个胡同里一片喧闹

使旁边医院的白楼　显得格外寂静


2012年11月21日

## 路遇白发老者

还需多少年　我才能满头白发

释放出体内的白银

当曙光滑下山巅　顺便赞美了他

我顿生羡慕　目不转睛地看着他

在风中转身

尘世啊

一个人需要怎样的耐力

才能让时间屈服？

我知道命里的真丝越抽越少

多少人亮出了自己的峰顶

而他不

他满头白发　像是顶着一面白旗

却没有失败感　他甚至骄傲地

向我点头微笑　让我满怀敬意

却哑然失声

2012年12月14日

# 见　闻

老张蹲在地上整理花盆里的韭菜，

跟我说："留下一盆开花，其余的吃掉。"

他有几十个花盆，都是韭菜。

崔天舒认为，老张乐此不疲，

意不在吃，而在于种。

崔天舒是谁？我从未听说，也不认识这个人。

传说，老张也是一个幻影。

2014年12月18日

# 风在飘

嚼着口香糖的丫头从汽车里出来，
风衣向后飘，然后是风在飘。
古时候她不这样，一见人就脸红。
时代真是变了，她径直走过来，
余光都不看我，仿佛前世并不相识。
她的风衣向后飘，走过我身边时，
是风在飘。

2014年12月20日

# 春风高

一条长裙在天上飘着。
春风把它吹起来，肯定有一个仙女，
为此而着急。裙子，我的裙子。
她将奔跑，她将借助风，
追到天上去。

几个废弃的塑料袋也在天上飘着。
如果那里面还有剩余的菠菜或土豆，
它们就会飞得低一些，
或者留在民间。

春风过后的地上，幸运者，
偶尔会捡到石头、美女，甚至金币。
云彩最终挂在了树上。
塑料袋从天上回来，泄了气。

春风太高了。

裙子只能继续飞。

2015年3月15日

# 说 出

空气从山口冲出来，像一群疯子，

在奔跑和呼喊。恐慌和失控必有其缘由。

空气快要跑光了，

北方已经空虚，何人在此居住？


一个路过山口的人几乎要飘起来。

他不该穿风衣。他不该斜着身子，

横穿黄昏。


在空旷的原野，

他的出现，略显突然。


北方有大事，

我看见了，我该怎么办？


在我的经历中，曾经有过这样的一幕：

大风过后暮色降临，

一个人气喘吁吁找到我，

尚未开口，空气就堵住了他的嘴。

随后群星飘移，地球转动。

2015年3月28日

# 香椿树

香椿树不足一把粗，她稍一用力，

就把它掰弯了，摘光叶子后才肯松手。

小树弹回去，又弹回来，顺便抽了她一下。

"嘿？你还敢打我?"

她有些怨怒。

见我在一旁，她又笑了。这个老太太，

脸大，肉多，笑起来浑身都在颤动。

2015年4月15日

## 整个上午，它一直不停

推土机用下巴干活。而这个机器不是。
它的前端是一个大铁杵，乱捣蒜一般，
捣毁水泥路面。

它的工作就是破坏，制造噪音。

我也想干点坏事。
我想借用这个机器前端的大铁杵，对着天空，
指指点点。我想破口大骂，
说出世上的种种恶行。

2015年4月20日

# 旧 人

昨天，石家庄旧货市场上人头攒动，

人挨人，人挤人，人擦人，混乱的街道上，

汽车夹杂其中。

我看见一个来自太行山的旧人，在售卖崖柏，

他满脸皱纹，至少也有三千岁。

他的皮肤是旧的，身体是旧的，

目光、声音、笑容、身影都是旧的，

我反复看，用放大镜看，确实是旧的。

真正的旧货啊。凭经验我可以断定，

他一定来自古村落，他一定

见过死神。

阳光从楼顶斜射下来，

照在他古铜色的脸上，使他的包浆，

更显深厚，仿佛一尊雕塑，

突然恢复了动作和体温。

他在兜售他的崖柏，而我已经在瞬间，

鉴定了他这个人。

这件东西不错，有人说。

确实是真货。又有人说。

就在我要出价之时，一股南风，

冲进了高东街，带着尘土和地上的废弃物，

挤过人群的缝隙，一把推开我，

直接带走了这个旧人。

我看见他顺着风，不费力气地向前走着，

几乎要飘起来，转瞬之间，

消失得无影无踪。

2015年5月18日

# 小 雨

这样的雨等于没下，仅仅湿了地皮。

天上不是没有雨，但就是不下。


太行山从中作梗，挡住了来自河西走廊的乌云。

旱情在加剧，真的需要一场大雨了。


上天啊，不要因为我善良，就原谅我。

不要因为众生渺小而忽略他们内心的声音。


让天上的东西全部落下吧，垂直的，毫无保留的。

让我的信心因祈祷而饱满，更加虔诚。


2015年5月29日

# 夏日黄昏

夏日黄昏，纵火的大神退到云彩后面，
闷热从天空向下漫延。蒸笼太大了，而人还没有熟透，
那就继续蒸。有人在挥发汗水，有人在挥发灵魂。

石家庄处在太行山下，是个窝风的地方，无法散热。
不知道是哪个混蛋，把城建在这里，让我心甘情愿地，
在此受罪，一面擦汗，一面欣赏天边的火烧云。

2015年6月3日

# 白杨林

稀疏的白杨林落尽叶子

清晨散步　只有少许的鸟鸣

那些光裸的枝丫简洁明亮

在清爽的风中微微晃动


透过疏朗的树干凝望远处

可以看到一条宁静的河　淌过原野

岸边一带是些村落

烟缕缥缈　隐约地有人在走动


多么快呀　一晃又是秋天　秋天喽

这时节天有些凉了

树林的深处一派凄清

想起那些枝繁叶茂的时辰

露水点点　依然令人感动


我踩着落叶随便走走

林中的空气十分干净

鸟的叫声像玻璃　在风中反光

我的眼前忽然一亮　不觉已是

日上林梢　大约七点钟

1989年

# 干草车

沿河谷而下　马车在乌云下变小
大雨到来之前已有风　把土地打扫一遍
收割后的田野经不住吹拂
几棵柳树展开枝条像是要起飞
而干草车似乎太沉　被土地牢牢吸引

三匹黑马　也许是四匹
在河谷里拉着一辆干草车
那不是什么贵重的草
不值得大雨动怒
由北向南追逼而来

大雨追逼而来　马车夫
扶着车辕奔跑　风鼓着他的衣衫
像泼妇纠缠着他的身体
早年曾有闷雷摔倒在河谷里
它不会善罢甘休　它肯定要报复

农民懂得躲藏

但在空荡的河谷里　马车无处藏身

三匹或四匹黑马裸露在天空下

正用它们的蹄子奔跑　在风中扬起尘土


乌云越压越低　雷声由远而近

孤零笨重的干草车在河谷里蠕动

人们帮不了它　人们离它太远

而大雨就在车后追赶　大雨呈白色

在晚秋　在黄昏以前

这样的雨并不多见


1999年

# 清　风

晾在绳子上的衣服几乎要飘起来
去寻找它的主人　而主人在风中
被阳光包围　像一只昆虫待在琥珀里

她有些透明　至少是
脸和耳朵是透明的
洗衣服的手在溪水里是透明的
而小溪模仿玻璃向下流动

在两棵树之间　绳子绷得不紧
因此衣服能够悠起来
衣服太轻了　里面没有人

里面的人是白色的
她正在水边
一边洗涤　一边想着心事

树影渐渐移到溪边

细碎的叶子映入水中

就像轰不散的鱼群


这时清风从南边吹起她的头发

又吹过绳子上的衣服　隐入清山一侧——

那里有炊烟升起　有鸡鸣

隐在稀疏的瓦屋中


2003年4月21日

| 第二辑 | 深思记

# 衰　老

衰老是一种病。

从前的婴儿，已茁长出了皱纹。

多好的一种病啊，

我想老，成为一个老头。

人们见了我说：嘿，这老头。

我就嘿嘿地笑，一天天老去。

2011年8月12日

# 清　晨

清晨又回来了，还是那些光，从天空洒下来。

我习惯地伸出手指，看了又看，是透明的。

这是早晨的第一件事，总是看了又看。

指缝间的光漏掉了，我的手指是前人的手指。

2011年8月13日

# 边　疆

华北平原无限延伸，会到达天外，

于是大海封住了边疆。

神是对的。在荒凉和凄凉之间，应该有个界限，

分开原野和波浪。我是否正在这条线上，

吸引了秋风？

当毛茸茸的太阳忽然飘起来，我顿时感到，

天地厚德，垂怜万物，不弃众生之渺小，

让人心生暖意——

或以身相许，向天堂献祭，

或咽下泪水，老死他乡。

2014年9月20日

# 消　息

越过太行山的一片孤云已经薄如蝉翼，仍在飞。

年轻十岁，我可以抱着石头，追赶它一百里。

倘若石头太大，膨胀为一座山脉，并且扎下了根子，

我反复尝试，搬不动。

这时孤云飘过去了。

有人在远方起身，从容地接住了来自天空的圣旨。

2015年4月16日

# 经 历

那一年，我撕掉自己的身影，在阳光下孤行。

有三个人劝我，其中一个抱住我的大腿，哭了。

其实我并未走远，我只是在人生的外面转了一圈，

又回来了。

我只是出于好奇，看见了远处，背影重重，尘土寂静。

2015年4月17日

# 沉 思

五十年前我以为朝霞是红绸贴在天空　一看见就激动
现在我不这么认为了　因为云彩后面还有更深的天空
值得思考和关注
当孩子们跑向野地的边缘　甚至在风里飘起来
我也只是默默地望着　心里想着别的事情　想着
明年或者更远　将有怎样的消息在山后出现　不同于朝霞
却更加持久　更加缥缈　让人一遍遍沉思

2010年1月5日

# 低　头

在众多选择中　我只向命运低头

那不可把握的密码

和疲倦的黄昏　都在路口

等待我承认

而我是这样的执迷　在慢下来的

松散的岁月里　我只关注天空后面的事情

和渐渐来临的脚步声

我知道神的手　正在掩埋生命的真迹

万物在还原　时间和尘埃已经化为浮云

在这靠不住的世界上

生活敞开了太多的出口

而我只有唯一的路径

我必须走到底

才能回望自己的一生

当我在终点

发现命运也是假的

我只向不灭的真理低头　其他概不承认

2011年2月23日

# 个人史

时间使我变厚　它不断增添给我的

都有用　有时我穿过一个个日夜

回到遥远的往昔　只为了看望一个人

有时我把一年当作一页翻过去

忽略掉小事

和时光留下的擦痕

岁月被压缩以后挤掉了太多的水分

能够留下的不是小幸福就是大遗憾

有时我把十年当作一个章节

倒退五章　我就回到了幼年

人生就像一本书　当人们读到最后

把书卷轻轻地合上　看到我过于菲薄

我只能深深地抱歉

有时我把百年看作一世　万年过去

我就是生命潮水退落后

留在岸上的一粒沙子

百万年后　我才能回到神的手上

成为一粒真正的灰尘

2010年6月16日

# 那些古老的

有两种暗物质比原罪古老：

褪到体外的身影　藏在体内的灵魂

还有一些轻物质同样古老：

呼吸　语言　目光　梦……

再往前追溯　我就会暴露原籍

现出身上的胎记和指纹

最初我是泥的

需要什么　上帝就给我什么

那时的太阳在天上　冒着火苗

后来出现了夜晚　然后有了灯

然后　生死从两端截住我

时间分割了我的命运

那爱我的　一直在给予
那宽恕我的　使我成了罪人

如果褪尽身影能够透明
交出灵魂直到虚心　我愿意

回到起点　睡在神的怀里
或者一再出发　与世界重逢

2012年11月9日

# 望星空

星光虽小　也有温度

我怕的是阴云密布没有星星

我怕仰望时有人在天空里大喊

我怕垂直而下的风　带着圣旨

迫使我交出灵魂

苍天啊　那么多灯盏在人间闪烁

为何只要我心里的火种？

我是这样卑微而短暂

不配担负重任　也不可能

带着肉体回到天庭

今夜我只想一个人望着星空发呆

今夜我孤单而空虚　对大地的失望

全部转换成对天空的敬畏

我静静地站着　倾听和领受

这就够了

我不企望恒久

在众人缺席的世界上

没有人能够永存

当时间从我体内溜走

星空里传出隐秘的回声

我似乎找到了生命的出口

却因回头和滞留而一再蒙尘

　　　　　　　　　2013年1月17日

# 天　堂

地球是个好球，它是我抱住的唯一一颗星星。

多年以来，我践踏其土地，享用其物产，却从未报恩。

羞愧啊。我整天想着上苍，却不知地球就在上苍，

已经飘浮了多年。


人们总是误解神意，终生求索而不息，岂不知

——这里就是高处——这里就是去处——这里就是天堂。


2011年8月12日

# 我　信

时间有细小的缝隙，元来有窄门，

灵魂出入，也需要侧身。


我信这世界终将敞开，如最初的一日。


2011年8月16日

# 肉

欲望太满了　灵魂被挤到体外

走肉充世　人不为人


人世越宽　肉体陷得越深

2012年7月18日

# 此　世

深陷此生以后　远在未来的人啊

令我羡慕　你们才是真正的隐士

躲在败局之外　迟迟不肯现身

在你们到场以前　我有太多的顾虑

不敢说历史是个废墟

身体是牢笼　内有红尘之忧　外有万世之空

我不敢说　人类已经疲惫了

来过的人都已离去

生活是个聚会和散场的过程

凡是我不敢说的都在发生

凡是我顾虑的都在定型

这世界是个奇怪的地方

当你们在未来的某一天登临此世

会发现人们谨守着孤独的身体

成群结队走在路上

像羊群在黄昏中穿过牧场　而神在远处

拧着他的鞭子　并没有理睬人们的去向

2012年11月1日

# 道与理

伴随着花期　女人将在体内结出果实

即使她不能生出自己　也有望成为女神

并且一次又一次成功脱身

而我则被遗弃　从众望之巅

回到故里　一生又一生　疲惫地走着

难道只是为了

在体内养育一个死神？

2013年6月5日

# 等　待

局外人隐藏在夕阳后面，不与我对视。

这使我的登顶失去了意义。一个人把自己从人群中拔出，

置于孤峰，还要面临为心的险境。你啊！

应该在现场。甚至

在运转的轴心。

但你没有出现。我一个人站在山顶，

等了很久。直到身影在风中飘起来，像一件披风。

2013年6月17日

## 缺席者

我来过了。我可以离开，但你不能缺席。

生命是一场盛宴，来者都是亲戚。

万物各从其类，都在吃。血淋淋地吃。

我也如此。我还需要另一个胃，存放和消化

来自内部的空虚。

我是个路人，终将要离开。而你必须结账。

现在是什么时候了？

你缺席，不能永远缺席。

2013年6月18日

# 假　理

有人送给我一个真理。我打开包裹一看，
是个假理。而且己经掉皮，露出了里面的败絮。
这时颂歌已经飘向远方，迎面而来的
是纷纷入世的人群。
没有退路了。没有时间了。我大喊一声：上帝啊！
由于用力过猛，我吐出了自己的心。

2013年6月19日

## 仿佛创世之初

我很少倒立起来，把地球举过头顶。

现在我做了，却突然感到两脚踏空。天啊，

我竟然以虚无为支点，找到了通往上苍的捷径。

我看到颠倒的世界上，

践踏大地的人们带着原罪，徘徊又徘徊，不知所以。

而我举着地球，仿佛创世之初，为上帝搬运。

放在这里。放在那里。

到了第七日，我和上帝一起休息。

2013年6月19日

# 秘　密

天空越来越薄，快要升到世界的外面了。

我坐在石头上，慢慢地合上书卷。心想，

再过一百年，我就能走到那里，且不必隐身。

我有这个力量，我有来自内部的支撑。

而这些藏在心里的秘密，

只有三个女神知晓，

其中最小的是女儿，最尊贵的是我年迈的母亲。

2013年8月6日

# 他来了

我不喜欢走路蛮横的人。当他

在街道上向右拐，绕过一座大楼，

与人群迎面相逢，我看出他胸脯里面的肋骨，

全部是钢筋。

啊。一个有硬度的人终于出现，在混凝土建筑之间，

他显出了自在和从容。他迫使我承认

肉体的局限性。

他走着，浑身蓄积着力量，大摇大摆地

穿过一道水泥墙，和三个警察的缝隙，

走进了市政府。报纸上说，他来了。

他真的来了。我见过他的脸，没有一丝表情。

2013年8月6日

# 万　物

构成我身体的元素来自万物。

通过我，万物归于一。万物来自何处？

我从自己的体内一次次脱身，走到如今，

仍不知上帝所指。

太远了，太大了，太空虚了。

我在人生的中途，望着茫茫宇宙，唏嘘不已。

万物来自何处？这是个问题。我还是要追问。

2013年9月7日

# 下　午

太阳陪在我的右边，
但我还是觉得孤独。

风也来了，
群山静静地移动着阴影。
似乎可以听到消逝已久的口信，
和陌生的乡音。

但我还是觉得孤独。是啊，
史诗已经离开我的身体，
我还有什么用。

一个老家伙，
终于走到了这一步。
体内的人群也走到了远方，
只留下空虚的回声。

整个下午，

无人知晓我在山巅静坐和沉思。

那理解我的独霸天空的太阳，

一直在横行。

2013年10月17日

# 传　说

落日像皮球在远方弹跳，孩子们抓不住它，

但是乐于追逐。领头的叫夸父。

他爹是个铁匠，曾在天上打铁，

贬到人间后，与村女结合，生下一群愣小子。

孩子们渐渐长大，有的五丈高，

哦，不能再高了，做衣服太费布。

三年前我路过一个村庄，看见几个长老，

正在抄写神的家谱，其中

有一个氏族，善于狂奔。

2014年7月8日

# 传　说

过世的人总是反复回来，
获得户籍，住老房子，使用旧灵魂。
人们早已习惯了这些，依然慢悠悠地
绕过山脚，不把这当回事。

我说的是夏日，在蒸腾的地气中，
已经融化的人会再现，
重新进入梦境。

这是谁的村庄？
在地图上，它只是一个黑点，一个传说。
而在大地上，它真实而顽固，
像个大蚁穴，出入不绝，已历千年。

                                                2014年7月9日

# 传　说

把月亮摘掉并非难事，但在天空悬挂一条河流，
至少需要三个钩子，和五个大力士。
我的村庄有可能干成这件事。哼唷哼唷哼唷，看，
他们在干什么？我喝干了一碗烈酒，
然后把碗摔碎，加入其中。

三天以后，天降大雨，旱情缓解了。
但由于劳累过度，传说累死了一条真龙。

2014年7月10日

# 传　说

在天空的边缘，有一片云彩，
接受了村长的邀请。我真不知道，
他要这软绵绵的东西有什么用。

这个老家伙，从树林的后面走来，
摇晃着身子，好像在做梦。

村长的胡子白而且长，
是从体内抽出的丝。

那年我四岁，看见一片云彩，
飘飘忽忽，来到我的村庄。

村长坐在云彩上走了。
传说他回来时，带来了上苍的公文。

2014年7月11日

# 握　手

女儿小时候，我经常领她走路，
她的小手，攥着我的一个手指头，
大胆地往前走。

年月太久了，我早已忘记，
父母教我学步的样子。如今，
他们已苍老不堪，手指像干柴，
弯曲又粗糙。

有生以来，我从未正式的
跟父母、妻子、儿女握过手。不需要。
有一次我伸出手去，
被老婆打了一下，又缩回来。

亲人们啊，时间过得太快了，
我有些承受不住。

我突然握住自己的手，在此之前，

我从未得到过自己的安慰和问候。

2014年12月9日

## 心　事

无数次，我从天上下来，拉着行李箱，
在地球上落脚，潜伏于闹市，等待下一次飞行。

原乡究竟在何处，让人如此勾魂？
我深知此生已老，原罪加身，
却依然渴求获救，做一个疲惫的归人。

2015年4月15日

# 弹壳口哨

我有一颗子弹壳，我把它做成了口哨，

小时候吹啊吹，并不好听，但我没有别的乐器。

因为穷，我只好生在山区。

因为山野荒凉，不需要旋律，

而一个野小子，得到了放纵和默许，

我就吹了。

在河边吹。在风里吹。走路吹。奔跑吹。

无腔无调，使劲吹。

伙伴们聚在一起，轮着吹。

那时我们小如玩具，并不知道，

这个可爱的小东西，曾经是杀人的利器。

2015年4月21日

# 夏　日

夏日，雨水多起来，姑娘们露出了胳膊和大腿，
死者打了个哈欠，翻身继续沉睡。

时间太多了，用不完的只能浪费。
我用金子换取了两道皱纹，用随便的精力创造了儿女。

剩下的时间我要坐在山坡上，赞美晚霞，
和退潮的人群。

我不止一次说过：这世界太美了。
神啊，请让我多坐一会儿，看看黑暗的魅力。

2015年5月15日

# 热　爱

死过三次，才能获得真正的安宁。反过来说，
喧嚣才是生活的本质，没有必要寂静。

七十亿人在我旁边生后，我觉得很好。
居住在自己的身体里，思考着别人的事情。

别让我太安静，我受不了。
别让我死的时间过长，成为一个陌生人。

我陷于此世太深，已经离不开了，
别让我去往星空。

我热爱这个喧嚣的世界，胜过爱我自己。
胜过爱你——哦，创造我的父亲。

2015年5月20日

# 时间假想

也许时间是静止的，是万物在期间穿行。
也许根本就不存在时间，它只是一个虚无的量，
具有弹性。

在反转的时钟里，初始和当下一再重合，
宇宙是个空转的过程?

也许，
上帝没有给出时间，是幻觉迷惑了我们。

2015年6月9日

# 自 致

命运绑架了肉体　而你是挣脱了绳索的人
在身体之外散步　比自由多出一双翅膀

自我和他者的甲胄压了我一生
如今发现　战争来自内部　体外没有敌人

你和我截然不同　为什么是同一个人？
我的内心如此简陋　里面却住着争辩的灵魂

一个越飞越高　一个越陷越深
真理的空间被拉大　一再被悬疑和追问

就这样你和我在一体之内分居
引力分解为泡沫　像疏散的星辰

和解与恢复是多么难啊　可是我做了
我有统一的愿望　却没有必成的信心

105

请赐予我智慧和力量　我一边求告一边走

终于在远方接近了自身

唔　我原来是这样一个人

2010年5月28日

# 生命原稿

时间从起点劫持了人们　生命是个押解的过程
自救和他救者都在用力
前者试图超越　后者背负着一生的罪行

问题究竟出在哪里？
如果出生是个错误　这我认了
如果死亡也是个错误　我只能选择永生

事实远非这么简单　我查过人的档案
从个人史到人类史　都是受造的
法则规定：人无权决定自身的事情

生命原稿藏在生命里
人在世上　本身就是个秘密

因此我决定放弃追索答案　任凭时间推动人们
我知道时间后面的挂手　曾经接触过我的身体

那是一种原始的力量和体温

2010年5月31日

｜第三辑｜原乡记

# 逆 风

卵石在扎根。土豆也不孕了，
需要一个小坑，生下一窝小土豆。

春天来了，睡懒觉的毛毛虫爬上树枝，
打算饱餐一顿。

一群孩子从地里冒出来，尖声叫喊。
而在河水的右边，神已回到故居，
正在耕种。

民间传送着有关来世的消息，
有人借助生机而还魂。

我在青山一侧，快步走着，
跟路人打招呼，嘿，你好。你好。
有时回声来自体内，仿佛自己
是个遥远的人。

在春天，

我可能是我的复制品。


春天万物萌发，一切都在生长和分蘖。

我的身影离我而去，在逆风里奔走，

已经成为他人。


2015年2月13日

# 西草地

## 1

总是在日落时分　西草地上的浮光飘起来

向云端聚拢　而从高空里回来的鸟群却在晚风中

失去了身上的晕红　那些小家伙

很难安静下来　仿佛安静是一种耻辱

它们在梦里也要飞行


我和远山都老了　眼看着

活跃的生灵掠过头顶

也只是静静地看着　不为所动


天已晚了

不要紧的事情我将忽略

不必记忆的　随手散在空气里


大地上有多少活剧在上演和结束　我看过了

很好　很精彩　但此时不是别处　我和西草地

都在风中　融于世间万象　已经忘记了彼此

不知飞鸟散尽　不知黄昏卷着天幕

正在缓缓降临


## 2


西草地上失散的孩子　将在别处出现

他们疯跑的时候甩掉了身影　甚至超过了风

我是说　西风有时停在草地的外边

或者直接上天　接受云霓的邀请


凭我的年龄　劝阻一群孩子

他们肯定不听

那个做鬼脸的胖小子是老王家的

我几次想抓住他　都没有成功


他们一边喊叫　一边奔跑

他们一个比一个小　最小的

是个跟屁虫

五十年前我也曾这样嬉闹过

那时远山还没有退却　离我最近的是白云

我冒着热汗追逐和喊叫　从来不知疲倦

那时西草地上的露珠是扁的

现在圆了　怎么圆了呢　我这样想时

头发向上飘了一下　有什么倏然掠过我的上空


## 3

把霞光贴在山坡上　是最不靠谱的事情

它会顺势溜下来　形成一道光瀑

甚至在空中形成彩虹

让人错误地以为　神的拱门已经打开

天国或已降临　或者就在附近


我曾多次劝阻一个老头

不要带着阴影在彩虹下凸入

也不要把梦装在气泡里

一旦它们膨胀和放大

就会成为集体的幻景

可是没有人听我的话　人们各做各的事
动作非常缓慢　空气里排除了杂音


还有另外一些人　看在乡情的分上
我不说出他们的名字　但我必须郑重告诫
私藏晚霞是有罪的　我知道他们曾经隐秘地
顺着山坡走到天上　然后背着麻袋回来
里面的光　不慎泄露在地上


可是没有人听我的话　人们各做各的事
在西草地　不存在现实　生活就是梦境


4


不要把羊群赶到天上去　它们不肯去
甚至掉头往回跑
它们喜欢山坡和草地　不喜欢白云
认为那些松软的东西没什么了不起
不就是云彩吗？云彩的云　云彩的彩


羊群有自己的想法　应该尊重它们

但是雪白的妇女们不这么想　她们仗着年轻

偶尔也会飘一下　一旦获得翅膀

她们就会结队回来　把白云留给天空


我在西草地上见过她们的脚印

但更多的是羊的小脚　以及孩子们疯跑时

踢翻的石头　吓死的黑甲虫


既然羊群不想到天上去　那就留在地上

我的这个决定　羊群非常感激

它们连声叫我妈妈　叫错喽

但是雪白的妇女们如果听到　就会齐声答应


## 5

三条小路交织在一起　就会拧成麻绳

要是把它们拆开　你就等着瞧吧

一条钻进草丛　一条爬向山顶

剩下的一条长出叉子　上面布满脚印


沿着小路来回走　人会变老

我见过许多人　最终走入了地下

藏在里面做梦


一条路需要长满根须　才能扎进生活的底层

在西草地　人生也是弯曲的　就是通往死亡

也没有捷径


我见过无数条小路　慢慢织成了网

每个村庄和坟墓都是死结


就说眼前的这条路吧　要想把它折断

至少需要百年　那时　我已老成了尘土


那是多么遥远的事情啊

现在我要考虑的是　如何沿着小路

回到自己的起点　在那里找到一个孩子

他　或许就是我的童年　在人世启程


6


黄昏有大雾的属性　一旦它围住一个村庄

你就很难逃出去　奔跑再快也没用

山没了　树隐了　小路也融化了

灯　啊灯还在

幸亏我多一个心眼儿　把灯藏在星空里

我认识灯的守护神


但是多数人不知道这个秘密　还以为我

跟上苍没有私交　不过是乡里一个凡人


说实话　黄昏来得正好

我已经累了　正想在夜幕里隐身

这时黄昏就来了　阴影中

恍惚有古人纷纷出没　衣服飘着

发出不为人知的声音


黄昏与夜幕只有一墙之隔

当我起身往回走　大地似乎在下沉

我自言自语地说　不要紧　不要紧

内心却企盼着　灯啊　旦星啊　时候到了


我心里想着

要有光　于是就有了光

2011年12月29日—2012年1月11日

# 有神记

1

五十年前　西草地上的月亮飘忽不定

一旦云彩的边缘透明而发亮

就会影响到人们的梦境

每到这时　总有亡灵回家探望

而梦游者将趁机溜走　恍恍惚惚不知老之将至


事已至此　我也不必隐瞒了

在一个风清月朗之夜　我曾经看见

西草地上留下了神的脚印


没有一点声息和征兆

风就来了　随后出现了大星

随后整个天空都在飘移

从山坡的背面

传来窃窃私语的声音

这个夜晚注定不同寻常　西草地上

聚集了一群孩子　其中一个将在五十年后

写下慌乱的见证　那时我五岁

流着鼻涕　惊讶地看着

青草歪向了左边　青草歪向了后边

石头静静地趴在地上　一动不动


2


西草地上的月光越积越厚

最后流动起来　浮力产生了波纹

人们越跑越慢　凡是两尺以下的孩子

都在尖叫　像钢针扎在气泡上


那一夜　时间混杂在月光里

有些淡淡的青草味　我们跑来跑去

已经捉住的流星因烫手而扔掉

已经沉睡的山脉被我们吵醒

在轻轻地翻身

那一夜　谁敢举起小脏手
谁就成为国王　统治并命令我们奔跑
直到累死也不停下　在西草地
允许累死　也允许死后回来
发出空虚的喊声


## 3

大约后半夜　河流剩下一个尾巴
小路也萎缩了　跑丢鞋子的娃娃在哭泣
挨揍是确定无疑了　但我们仍在努力
帮他找


眼泪已经多于露珠了　鞋啊
你就出来吧　鞋没有出来


我们愁了　不知如何是好
一尺高的孩子　当即长出了皱纹


后来他停止了生长
白须飘飘　在青草间出没

最后遁入土地　成为一个地神


4

曙光总是出现在山顶　随后顺着山坡

向下滑动　等到西草地上洒满阳光

会有烟霞飘然而起　现出一片迷蒙


这时小懒虫还赖在洞里睡觉

而年老的甲虫已经起身　在洞口探头张望

它们一旦爬出立即奔跑　就像仓皇逃命


我追它们　但不捉住

当它们吓破胆　仰面装死

我就哈哈大笑　扬长而去


我有足够的时间和兴趣玩耍

那时我弟弟两岁　跟在我身后

胖乎乎的　像个肉虫

## 5

山村的阳光可以当酒　喝多了会冒汗
但不醉人　不像花粉那么香艳
一旦沾在衣服上　就会进入体内
迫使雪白的妇女散发出芳馨

我见过一个透明的丫头
在河边洗澡　阳光穿过她的身体
没有阴影

那天我藏在空气里　看见柳丝飘啊飘
柔软极了　怎么就那么柔软呢

在西草地　空气也会发光
我晒得直冒油　感到体内骨头在拔节
头顶上长出了树叶和花环

125

## 6

事实证明　妇女会结果子
她们的果子长在体内　成熟以后落地
发出哭声


在西草地　分不清树林和妇女
哪一个会摇晃　我只能大致区分
这个是桃子　那个是樱桃
正在奔跑和喊叫的　是顽童


有时神也混在我们中间　玩耍到深夜
遇到大雪就踩碎　遇到闪电就抓住
遇到雪白的妇女就脸红


我认识一个姓王的老头
我们叫他王　他有一群孩子
其中一个是苹果树生的
小时候特别圆　后来成了条形

# 7

现在我可以告诉你了　在一条河的岸边
有一个村庄　在村庄的西边有一片草地
在草地的边缘有一个孩子　这个孩子
后来他老了

他把小鱼种在地里　如今都已发芽
他装进瓦罐的喊声　现在还有回音
他走失的伙伴从天上回来　已不见形体
他摔碎的露珠还是露珠　他
做过的事情全部忘记　他
从新人变成了旧人

他一路追赶我　他钻进了我的身体
他替换了我　迫使我交出记忆
他无数次折叠我的履历　加大我的厚度
他把千斤换成四两　把四两换成密码
把密码换成文字　然后
抓住我的心

现在他迫使我沿着重活之路

返回原籍　已经回到了西草地

我恍然记起　这就是我和他

分手出发的地方

现在我们合而为一

成为一个原初的人

2012年10月29日

# 老王记

## 一

在离开燕山的时候　我回头看了
有云在山上飞　有鸟在地上走
人们各忙各的事

老王嘱咐我　到了远方还可以回来
我说是的　一切如我所愿

临走时我谢了他
老王坐在石头上　顺手从地上抓起一把土
看了看　就知晓了我的命运

## 二

老王从不使用手杖　却有绝对的权力
整个氏族都在他的掌控之中

他说　来　人们就聚集在他周围

有长子　有次子　有孙子　有女

依次坐在石头上


老王说话时不看人们的脸

他看着远处

凡是人们未到之地　都有他思想的痕迹


人们坐在石头上　看着他

心里充满了敬畏　细心领悟他的话语


三


老王说　要走人的道

要敬生你的　养你的

要敬上　直到天　要爱下　直到地

这其间的主　你要尊他


老王说话时　脸上有光

不知来自何处

四

我猜过老王的年岁　但猜不准
他的头发是白的　胡子是白的
从他头顶上飘过的云彩　有时是红色
有时也是白色

老王说　以后你就知道了
可是现在就已经是以后了
我还是不知道他的年岁　只看见他老了
还在继续老

五

我和燕山没有约定　却经常回去
有时看见老王走在路上
有时是我走在路上　看不见他

老王住在村庄里
有长子　有次子　有孙子　有女

经常围在他身边　听他说话

老王坐在石头上说话
王的话
有时来自肺腑　有时来自天上

2010年4月23日

# 史 记

王杖子


0

这是一个指定的村庄
某年某月某日　到此报到
我必须从命


1

我出生时山村已经老万　荒凉而贫寒
路过的诗神转身就走
让我捡了便宜　从此开始漫长的一生

2

从出生起　我的票据就被人拿走

我的身体只是个存根


3

世界留下最后一块净土　让我发芽

长成巨人


4

在这里

生活没有边缘　灯火就是核心


5

这里一切都是透明的

时间和空气在互换　水里含着光

一眼可以看透整个农耕史

6

这里平静而安逸
鸟蛋安于小窝　从来不羡慕飞机


7

这里　记忆和梦境混在一起
风中时常出现古人


8

这里灯光长满了绒毛　月亮也是旧的
人们长着前世的面容


9

这里来过很多人　渐渐都走了
他们在坟地里聚集和隐君
来者藏在身后　迟早要现身

10

曾经有过红日　被苍天收回了
多年以后　我得到了光环


11

全世界的人在我旁边生活
啊　谢谢你们的陪伴


12

这里是生活现场
上帝也在这里


13

上帝永生
可他让我们一再地死去

# 大汇合

## 14

我家南面有两条河

相遇时互送秋波　害羞时泛起晕红

## 15

一条河流　加上另一条河流

等于两条河流

它们在交汇处结婚

## 16

青龙河　起河　都有母乳的味道

拆开可见露珠　撕裂不留伤痕

## 17

我的身体一旦破口

会流出河水和基因


## 18

临水而居　听惯了鱼群的呼喊

会把它们当作亲戚

我能叫出它们的乳名


## 19

两岸密集的树林挡住沙滩

水面上留下了我童年的脚印


## 20

我是河神的朋友

我们结拜的时候　月亮跳进水底

为我们做证


**21**

后来一个村庄来到岸边

取名大汇合　我的朋友河神

做了船工


## 小路


**22**

一条小路通向树林　另一条通向山顶

还有一条过于弯曲

曾经被人拉长　向世外延伸


**23**

我认识一条秘径　可以穿过河流

通向无人之境

那里阴影易碎　遇火而融化

到了冬天　月光也会结冰


24

小路习惯于爬行

一旦它飘起来　有可能通向天空


25

我跟在梦游者身后　走了三年

直到中学毕业才发现　他有一个彩色的身影


26

在空旷的山脚下　总有风

掀开我的衣角　看了又看


27

有人怀疑我有翅膀

但始终没有找到证据


**28**

我见过一只鸟在路边读书
多么认真啊　真是小鸟依人


**29**

它是我的同学　不
它来自梦境


# 双山子


**30**

两个山包挨得很近　就叫双山子
山前有一个集镇　有人曾经在这里
秘密收集乌云

31

我到集镇去　纯属凑热闹
顺便带走一些街上的灰尘


32

一万多人聚集在土路边　行走和交易
一旦流霞混入其中　就会泛起红尘


33

（就是在这里　我见过镇长
他的嘴里冒着烟　手背在身后
眉头紧锁　正在为解放全人类而苦恼）


34

（如果两座山同时挪移　会把我夹扁
幸亏国家规定　任何时代

都必须留下一个夹缝）


## 35

我从集镇走出时雷声隐隐
在低垂的天幕里
凡是冒死钻过闪electric缝隙的人
都获得了穿越未来的通行证


## 36

双山在我身后　被黄昏包围
人们纷纷传说　有人在暗中
迫使那收集乌云的人松开了口袋


# 青龙河


## 37

路过青龙河时　露水正在天上集结

一旦有人大喊　就会有暴君越过山脉

携带上苍的瀑布向河谷逼近


## 38


我喜欢骤雨初晴的一刻　天光斜照

青龙河上架起高大的彩虹

木船漂在水上　草帽遮住船工


## 39


每到春夏　挤在一起的卵石将生出水鸟

如果月光正好　你可以在波纹散处

看见透明的水神


## 40


倘若一群孩子在河边戏耍和尖叫

请不要上前阻止　他们都是泥做的

一旦受到惊吓就会融化　立即更换身世

41

青龙河允许炊烟
覆盖两岸的村庄　也允许逝者
违背乡约　在夜里回来看望亲人


42

我有三个故乡
村庄　墓地　母亲
都在青龙河边


43

当大雨和黄昏同时降临
暴君挥舞着闪电的鞭子　总会有人
冲进乌云　抱住雷霆不放

44

他是青龙河的长子

隐居在山里　没有人知道他的姓名


## 南风


45

南风来了　石头躺在树荫下乘凉

新婚的麻雀脱下小棉袄　幸福地

为第一枚蛋宝宝取好了姓名


46

南风来了　耕作的人们在田野

纺织娘在织布　卖香油的货郎

摇着拨浪鼓进村

47

南风来了　野花合法地开放
懒虫已经苏醒
蚂蚁费力爬到树梢　无事可做又爬下来
攀上另一棵树


48

一片发胖的白云被群鸟追逐　逃向山后
天空留下翅膀的划痕


49

南风来了　万物都在彰显着活力
我用袖子擦去汗水　快步走着
仿佛体内住着一个新人

## 修路

### 50

为了拓宽道路　全村人一齐用力
把北山推移三米　路一下子宽了

### 51

几只麻雀阔步走在新路上
不住地赞叹　好宽的路啊

### 52

一股清风从县城出发　专程而来
全村的树叶集体拍手　表示欢迎

## 53

老王从石头上站起　跟陌生人握手
老王老了　说话有些慢　但仍是王


## 54

王说　把黄泉路也加宽一些
王还说　要避让散步的亡灵


## 55

王说话时　身边的人们都在摇摆
远处刮着风


## 56

远处　出现过仙女的山巅
飘起了彩云

57

人们在修路　全村的人都在用力
王也出手了　王的手上长满了皱纹


**晒月光**


58

夏日夜晚　晒月光的人们坐在村口
月光里有凉风


59

同一个故事讲了三遍　又开始了
人们津津乐道　继续听下去

**60**

起初　地上的月光是薄薄一层
随着越积越厚　慢慢开始流动


**61**

在月光里梳洗头发的女子
会染上光泽　成为仙女的姐妹


**62**

晒月光的人们都有些醉了
故事讲到最后　开始瞎编


**63**

到了后半夜　人们懒洋洋地散开
跟在我身后的　是灵魂

## 星夜赶路

**64**

一次赶夜路　我被月亮跟踪很久
我多次劝它回去　它就是不听

**65**

说实话　摘下一颗星星很容易
但摘下月亮需要咒语和祖传的技能

**66**

今夜我顾不上这些　我要在鸡叫以前
把含在嘴里的一句话送到邻村

## 67

老王吩咐　这句话千万不能丢失
遇到强盗时就把它咽下去


## 68

事情没有那么复杂　我成功了
我走得很快
如果是四条腿　我将飞奔


## 69

大约鸡鸣时分　我到达邻村
说出了嘴里的舌　并在夜幕里
听到了自己的回声

受命


70

夏日夜晚　一颗星星来到村庄上空
使铁匠慌了手脚　鬼使神差地把手插进炉火
然后反复锤打　打出一双铁手


71

我不认识这颗星星
可是许多人仰头看过之后
都指着我说　是来找你的


72

老王拍了拍我的肩膀　暗示我
你可以跟它走

## 73

是夜我长出一双想象的翅膀

我还在星空里　结交了莫须有的鲲鹏


## 74

这一夜　铁匠铺的炉火一直在燃烧

人们窃窃私语　反复提到我的名字


## 75

铁匠铺的炉火

烧得通红


## 76

铁匠伸出他的手　看了又看

最后说　行

行是什么意思

## 77

多年以后　我走到了千里之外

听说铁匠铺搬到了天上

人们偶尔听到星空里传来叮叮的声音


## 燕山


## 78

燕山里群峰耸起　不是为了比高

而是比深　在沟壑里堆积阴影


## 79

从天上回来的人　有时也下山

跟凡人交往　换取一些用品

80

燕山有足够长的小路通向山巅

如果雷霆敢于当路　就把它推下深沟

跟石头堆在一起


81

我曾在彩虹上面遇到过熟人

那一天　从风中起身者

走上了弯曲的穹顶


82

是什么让我站立不住?

当气流顺着山坡下滑　摇摆的人们彼此顾盼

眼神飘忽

山脉的阴影也飘起来了　像是脱不掉的披风

## 83

有很长时间　我走来走去

不知如何是好


## 84

当石头也腐烂了　水也流走了

时间摧毁的悬崖一点点崩塌

我不知这漏洞百出的身体　是否能够包裹住灵魂


## 85

我不是燕山的孝子

我发呆的时候　石头也在发呆

我们的硬度有限　经不住磨损


## 86

但燕山不听这一套

它固执  强大  耸着肩膀
决心与时间对峙


**87**

我的父亲就是这样的人


**燕山**


**88**

我想到燕山的外面看看
我想了多年


**89**

老王说  燕山的外面至少还有三座山
他只是听说  但不敢确信


159

## 90

王说话时神情恍惚　他毕竟老了
他死过多次　更换过无数个姓氏


## 91

我想到燕山的外面看看
我又说　我想三天后起身


## 92

王看着我　脸上的表情非常复杂
好像一个部落从他的身体里撤退


## 93

王即将成为一个遗址　我隐约感到
北极星离他越来越远

## 94

我想到燕山的外面看看

王低下头去　不再说话


## 95

我在燕山里找到一条小道

我把它藏在山里　留作私用


## 96

我走的时候　王在村口望着我

他表面镇静　内心却出现了巨大的裂缝

## 燕山

**97**

在燕山里　老王不是一个凡人
许多人都被太阳晒化了　而他不灭
他反复出现在同一个山村

**98**

我回了一下头　看见王的目光
有些飘忽　而他身旁的岩石却异常坚定

**99**

王的身边　聚集了许多人
其中一些赤子　身上没有阴影

## 100

如果我再一次回头　会有三株炊烟

尾随我上路　一直跟随到梦境

## 101

曾经有过这样的经历　一群星星

在我头顶盘旋　直到白昼也不消散

你说它们到底想干什么

## 102

老王给过一个解释

但他说话的时候　星空里出现了篝火

整个夜幕都被烤红

## 103

那时北方还不太辽阔

群山安静地聚在一起　青草生长着

还没有到达草原


## 104

我不走那么远　我要往西走

老王说　远方有一座大城

一个国家围着它　遍地都是人民


## 燕山


## 105

我走后　老王依然生活在燕山里

但我再也没有见过他

传说他神秘失踪了　人们在地上

发现了他的身影　而真人却去向不明

106

有人在风里见过他　身后跟随着白云


107

多年前我回去过一次　燕山还是燕山
一些人成了泥土　一些人不知从哪儿冒出来
让人无法辩认


108

我问一个新人　你是谁?
他看了看我　随手撕下一页日历
盖住了自己的姓名


109

青龙河瘦了很多　有一个人
号称是河神之子　轻轻地

从水面上揭开一层波纹


110

没错　我看他就是河神的儿子
我记得他爹的模样　你爹可好？


111

一群人围在我的身边　远处的青山
也在暗暗聚拢　这让我忽然想起老王
这个燕山的灵魂


112

老王不可能走得太远
他一定就在山里　我四下望了望
觉得有风吹来　树梢在轻轻地晃动

**113**

这时阳光从山坡上倾泻而下
燕山巨大的阴影在融化　有人要来了
我隐约听到泥土松动的声音

# 他　人

1

他已经离开　而影子仍然留在原地
像污水泼在地上

他和阴影之间　时间的缝隙在膨胀
里面充满了空虚

我喊道：嗨　我在这里
他没有听见　他不认识我

我枉然地看着他一步步走远
之后　他的影子开始起飞

2

他是一个过客

脱下外衣搭在胳膊上　继续走

命运在他的身体里　像一个包裹
系着解不开的扣

嗨　我在这里　我喊
他回头看了一下　继续走

他的影子追上了他　贴在他身后
像一件披风

## 3

世界从不隐瞒真相
只是两者之间出现了真空

我和他之间隔着传说
语言成了障碍　总是无法接近

他走着　试图赶越自己
看　他已经走到了自己的前面

远远看去　一前一后

像是两个人


**4**


一个人一旦走得太快

时间将脱离他　把未来变为背景


他将预知自己的命运

甚至改写谜底　自己设计人生


嗨　不能那样　我喊道

他回了一下头　没有理我


这个固执的家伙　继续走着

已经离开自己　彻底成为他人


**5**


我看不见他了　他经过的地方

阳光里混杂着青风

那里的时间是松软的　没有来者
他几乎把时间穿出一个洞

我记起来了　他曾在我的体内居住
从前我们乃是一人

他有探知的欲望我没有拦住
我知道他还会回来　他是我的灵魂

2012年1月12日

# 村　庄

## 一

春天来到了我的家里
而野丁香躲在墙外　在偷听

两个小女孩因为一条橡皮筋而争吵
一个哭了　另一个在生气

这其间云彩绕到山后
给另外的人遮荫

残月沉入青天底部
像人啃剩下的饼

我的母亲从屋里出来
根本没注意这一切

二

母亲在院子里忙活
顺便晒晒太阳

她感觉不到地球在转动
时间在城里奔跑　到乡村则改为步行

甚至落到牛的后面
两个放牛的小女孩在跳绳

她俩刚吵完就和好了
脸上还带着泪

天使从不哭泣
她俩不是天使

三

傍晚的炊烟越来越胖

最后弥漫了整个村庄


播种的人们从星星里回来

磨亮的犁铧闪着光


母亲已经做好了晚饭

靠在门口向外张望


她的腰有些弯了　头发全白

眼睛却不花　还能望见织女星座


织女可能认识她　或者暗自结拜过

她们神交已久　却从不来往


四

人们隐蔽在夜幕里　酣然大睡

狗的叫声暴露出村庄

紧咬人　慢咬神　不紧不慢咬鬼魂
狗用叫声表达它所看见的事物

母亲失眠了　她在盘算种子和收成
而睡在土里的人只做梦而不翻身

村庄太老了　因而实行分居
地上住着子孙　地下住着亡灵

春天到了　天不冷了　这多好
暖融融的村庄被道路纠缠　又被星空吸引

五

后半夜下起了小雨　丝丝缕缕的
从哪儿悄悄飘来这么多的云？

母亲打开灯　小心地查看一遍
又回屋躺下　外面响起了鸡鸣

先是一声两声　随后连成一片

整个村庄的鸡都在呼应


这时雨脚越来越密了

像一群小女孩光着脚丫在跳绳


她们真乖　轻轻跳起

又轻轻落下　不打扰春夜的梦境


　　　　　　　　2003年4月

# 表　弟

晚秋时节　收获过后的红薯地里
总还能挖到一些遗漏的红薯
我和表弟一起去挖　有时半天能挖五六斤
回家后　大人使劲夸我们
像政府授予的三等功

有一次我们刚刚走到薯地里
表弟刨下第一镐就挖到了一只大薯
这是绝对的幸运　我敢说
没有人能够如此幸运
表弟惊讶得不知所措
抱起红薯就往回走
他生怕放到我们唯一的篮子里
而混淆了他的功劳

记得当时我劝不住他
我揍了他一顿
我六岁　表弟四岁

他打不过我　他只能哭

长大后我们提到此事　他就笑

而我后悔不该打他　我也笑


如今表弟已死去多年

他的坟地里有时种高粱　谷子

有时种红薯或者黄豆

几年前我去过他的坟头一次

上面长满了荒草　风吹过去

草叶来回地飘忽

　　　　　　　　2003年4月17日

# 徐文友

有一个朋友留在十九岁
就不再往前走了　其实他有足够的精力
可以从乡间小道走到城里
在明亮的灯光下看书或者居住

但是他留在了原籍
在他母亲的村庄近旁
找到一块安静的地方　独自休息

许多年他一直待在那儿
不再计较日月　也不再关注身外
那些不值钱的东西

有一次他从我梦里经过
好像生怕我拦住他而加快了脚步
我说：徐文友　我今年四十六岁了
而他笑笑　不说话　躲开了我的目光
我看见他有心事

他的心事不是关于死亡　而是再生

2003年4月8日

# 时间否定了一切

二十八年前　我曾在一所水电站工作

渠水冲击着水轮机

使电灯在远近的村庄里发出光明

就在那座电站　一个剃光头的老混蛋

曾经赖账287.6元　在当时

这是一个天文数字　压得我几乎崩溃


那时渠水打着漩涡流向远处

电线上落满了麻雀

它们彼此交谈　争论　有时也打架

一直打到空中　但我没心思看热闹

我被那个黑心的光头弄傻了

我恨不得宰了他　或者狠狠揍他一顿


但没过几年　电站就废了

人们一哄而散　水渠被填平

再想聚起那些工友已不可能了

因为有七八个人已经死了　光头也死了

有时在梦里　我偶尔还能看见他们的灵魂

他们还是从前的样子

电站还在发光　水还在流

人们各自忙着各自的事

而时间否定了这一切　连同现实和梦境

2003年3月22日

## 许兴华喝酒

炊事员许兴华不算是大滑头

但也经常耍一些小心眼儿

工友们每次喝酒　他都暗自藏起一壶

锁在厨房的箱子里

没人时拿出来　自己偷偷解馋


他的鬼把戏终于被发现

趁他不在　我们弄开他的箱子

喝光了酒　然后往壶里撒尿

又放回原处　就像什么也不曾发生


一个冬日的正午　狡猾的许老头

拿出酒壶　在灶膛的热灰上温酒

我们躲在暗处　不敢笑出声

只见他喝了一口　然后吧嗒嘴

感觉有点不对　又喝了一口　还不对


他突然站起来大骂："狗日的!

谁偷了我的酒！" 　这时我们再也憋不住

齐声大笑　许兴华也笑起来

他抓住我们就打　他把手伸进我的胳肢窝

笑得我弯下腰　直到肚子疼


从那以后　他不敢再偷酒

偶尔为之也总是小心翼翼　先尝一小滴

确信是酒后才敢大口喝下去

那时他五十多岁　胖墩墩的

浑身没正经　话里九成是水分


一晃二十八年过去了　亲爱的许老头

快到八十岁了吧　不知他身体可好

是否还爱喝酒　我很想他

真想和他大醉一场　然后使劲胳肢他

直到他胡子颤抖　笑不成声


2003年1月9日

| 第四辑 | 行走记

# 拉萨河

拉萨河水从上游流下来　经过我身边　流向了下游
我成了必经的驿站　却不是最终的归宿
这时来自印度的一片云彩有些疲倦　从它慵懒的倒影里
我看见河水闪着灵光　仿佛接纳一位身穿白袍的圣人


2011年6月20日

# 过唐古拉山口

唐古拉山口　天空透蓝
逐渐抬升的高原使远山变得低矮
那些积雪的山峰是凉风出逃之地

在火车行驶途中
那些白色的山脉逐渐从苔原地貌的后面缓缓升起
其威严和圣洁让人敬畏

就在斜坡延伸的空旷之地
雪水融化所形成的细流隐藏在草丛下面
若不是云彩在地上投下暗影　你会忽略
弯曲流水的微弱反光
直接被远处连绵的雪峰所吸引

那勾魂的
雪山后面　深蓝的天空一直在飘动
我知道此时　即使风已经停下

经幡依然要展开　抖掉世上的灰尘


2011年6月16日

# 车过可可西里

一想到藏羚羊跟火车赛跑　我就感到可笑

火车的腿太多　它穿越可可西里时虽然喘着粗气

但仍很蛮横


幸亏这是我的想象　比赛不曾发生

三五成群的藏羚羊在草滩上安静地吃草

它们的周围是空气

和无限的空虚

走到天外的一只羊　在白云下做梦


我坐在车厢里　能看见的事物非常有限

一想到我是有限的　我就悲哀了


我的悲哀也是小的　在可可西里

比土地更大的是天空　比天空更加辽阔和深邃的

我看不见　却已经隐隐地有所感知


　　　　　　　　　　2011年6月2日

# 朝圣者

在昆仑山旦　我们遇到两个朝圣者
一个拉着板车走在前面　车上放着衣物和食品
另一个五体投地　用身体丈量路程

此时是夏天　他们紫红色的袍子厚实而宽大
里面容得下一尊佛
但此时佛在远处　需要匍匐才能接近

在途中　雪山不是为了捣乱和阻隔行人而存在
星辰也并非因为羞怯而隐身　凡是神秘的事物
都不肯轻易融化　也不轻易和我们沟通

只有朝圣者知道其中的秘密
他们使用这个身体　为灵魂而生活
而我不知道灵魂和尘土　哪一个接近永恒

2011年6月7日

# 大昭寺

唱着赞歌的藏族女子坐在大昭寺的房顶上

排成一排　手拿木板拍打房顶　有节奏地

拍打房顶

整整一个上午她们拍打着三合土　用歌声维修寺庙


大昭寺外　朝拜的人们反复扑到

寺内　长明的酥油灯闪着火苗

神坐在光中


我试图把心掏空　在里面放进一些光

一些歌声　一些幻觉　一些梦

但我没有做到　我的心太凉　太芜杂了

可能需要火光才能温暖

需要走到人生的外面才能安静


一个上午　我在大昭寺的里面和外面

直到阳光垂直而下　贯穿我的头顶

这时歌声还没有停止

排成一排的女子们有节奏地拍打着房顶

拍打　不住地拍打　就在我仰头的一瞬间

我突然看见她们的影子　映在天空


2011年6月15日

# 兴隆车站

火车连夜开进燕山

凌晨三点到达兴隆　这是晚秋时节

正赶上一股寒流顺着铁轨冲进车站

把行人与落叶分开

在树枝和广告牌上留下风声


凌晨三点　星星成倍增加

而旅客瞬间散尽

我北望夜空　那有着长明之火的

燕山主峰隐现在虚无之中


二十年前　我曾登临其上

那至高的峰巅之上就是天了

那天空之上　住着失踪已久的人


今宵是二十年后

火车被流星带走　夜晚陷入寂静

在空旷的站台上　我竖起衣领等待着

必有人来接我　必有一群朋友
突然出现　乐哈哈地抱住我

必有一群阴影　在凉风之后
消失得无影无踪

　　　　　　　　1999年10月

# 夜访太行山

星星已经离开山顶　这预示着

苍穹正在弯曲

那看不见的手　已经支起了帐篷

我认识这个夜幕　但对于地上的群峰

却略感生疏　它们暗自集合

展示着越来越大的阴影


就是在这样的夜里

我曾潜入深山　拜访过一位兄长

他的灯在发烧　而他心里的光

被星空所吸引


现在我不能说出他的名字

他的姓氏和血缘　像地下的潜流

隐藏着秘密


我记得那一夜　泛着荧光的夜幕下

岩石在下沉　那种隐秘的力量

诱使我一步步走向深处

接触到沉默的事物　却因不能说出

而咬住了嘴唇


2011年3月3日

# 上党记

云隙中漏下的光　斜射在山坡上

阵雨淋过的青草有些摇摆　但并不慌张

当叶子上的露珠越来越胖

我要等它们熟透　然后走过去

不能捧在手心的　统统沾在衣服上


我这样想时　云彩忽然大裂

瓢泼似的光瀑倾泻而下

整个山谷都流淌着光芒

那传说中的太阳　我曾经见过

如今又一次出现　让我敬畏和仰望


在后羿故乡　十个太阳也不算多

但十个微风走上一条小路

会显得拥挤　容易把光线吹得歪斜

飘起的身影难于落到地上


此刻站在光瀑中央

会得到一些天上的消息

而我更关心地上的小事　甚至一只蚂蚁

甚至小心眼的人

难以察觉的微妙变化


今天我有充裕的时间领略阵雨初晴

带给世界的景象　我喜欢乌云撤退的声音

喜欢大地忽然一亮时　那惊人的一瞬


在上党　我有理由相信

这一切都是神的安排　让我这个俗人

心里一颤　即刻有了奔跑的冲动

却终因没有翅膀而终止了飞翔的妄想


2012年7月3日

# 飞跃天山

正值秋高气爽的时节　我从天山上空经过
看见连绵的雪峰和浮云

飞机在气流中拍打着翅膀　正在惬意地飞翔
离开地球你才能知道　真正的自由在天上

难怪神仙都住在星空里　高处真爽啊
最麻烦的是人间　情啊恨啊愁啊没完没了

干脆一走了之　到天上去
从新疆飞到新疆　新疆太大了　飞不出去

那就从伊犁飞往喀什　在天空里
背手散步　不再理睬人间的事情

但是天山吸引了我　它白色的峰脊和冰川
有如惊涛骇浪　激起泡沫般的白云

我差一点喊出来　我要是喊了
飞机肯定会吓一跳　甚至产生颠簸

我忍住了激情　把诗歌压在扁平的纸上
让文字跳动

如果我一再隐忍　上帝就会不高兴
于是我写下：飞跃天山

2012年8月15日下午6点　天空干净无比
一群人在飞　其中夹杂着诗神

　　　　　　　　2012年9月18日

# 乌鲁木齐

零点从喀什起飞　往东五十分钟

地上出现了灯火　先是星星点点而后连成一片

这一定是神不在的时候　人类统治了世界

把村庄改建成一座大城


我从天上经过　俯瞰这片灯火

认定它就是乌鲁木齐　除了它

谁敢睡在天山的身旁


此时正值子夜　飞机在下降中拍打着翅膀

夜空并不太暗　隐隐透出幽幽的天光

我认出七颗星星混杂在灯火中

七颗　嘘　小声点　别惊动它们


我敢肯定　乌鲁木齐一定有神秘的人物

在房间里私语　或是背着手　在大街上闲逛


这是一个不同寻常的夜晚　不凡的地方

走下飞机的时候　我看见天上

出现了密集的灯火和隐隐约约的脚步声

2005年11月20日

# 乌鸦飞行

九只乌鸦　在天山的斜坡上飞
这究竟是什么用意

天山再大　我一手就能遮住它
但我遮不住乌鸦的叫声

斜坡下滑几十里　秋风顺势溜向低谷
乌鸦借助气流在虚无中飞行

九只　我数了数　是九只
它们飞得不高　不散　像是在空中开会
或在戈壁上空视察　偶尔发出议论

哇　哇　它们惊叹
除了惊叹　它们好像没有别的语言

天山养育了这些黑客　必有用意
九只乌鸦与秋风搏斗　似乎都是胜者

那么究竟谁会败给命运

2005年11月23日

# 哀牢山记事

余晖沿着芷村白色的街区

向哀牢山的峰顶撤退　落日啊

请再给我一点光

我要拍摄一个胖女人

她的前胸和背影


胖女人是幸福的

不太胖的女人更幸福

当她们转身

飘起来的衣摆会在风中露出腰肢

仿佛秘密露出一半　而另一半

正在本能地收紧


没有退缩的余地　我瞄准谁

谁就将被掠夺　被压扁

和固定

被迫呈现出迷人的风景

我不能枉来一次哀牢山

我不能只是对美发呆

眼看着黄昏从千里之外向这里奔袭

夺走属于我的这惊颤的一瞬


在芒刺　野蛮和慌乱

都将被肉体吸攻

唯有落日散尽它的光芒

正在沉沉下落　为星辰让位

准备一场夜晚的狂欢


2012年9月27于云南蒙自

# 彩云之南

在云南蒙自　我截住路边的一个老汉问他
彩云之南在哪里　他蒙了　抓耳挠腮眨眼睛

我又问两岁女孩　她仰脸望着我
急忙抱住妈妈的腿　心想大坏蛋来了

实际上　彩云正在飘浮　天空已经露出了边缘
神在散步　他认为不值得回答我的提问

在彩云聚集之地　我有必要藏在墙角
然后突然出现　迫使一个老太太交出正确答案

说出秘密有这么难吗　把我逼急了
我将灵魂出窍　抓住市长的脖领一再追问

彩云之南　彩云之南　究竟在哪里
如果他说了　我就住在彩云里　不走了

我就在红河边安家　吃米线　摘石榴
在哀牢山里放牧　生养一群孩子

我将故意待在路边　等待陌生人问我
彩云之南在哪里　我就欣然告诉他就是这里

如果他不问　我就给他讲述云南的故事
让他两眼弯曲　最后在梦里停留

2012年10月11日

# 大　洼

许多年前，我来过大洼，那时也是深秋，

雷霆已经远去，在临海的滩涂上砸下深坑。

芦花渐渐地白了，北风带来了乌云。

那时也是一群人，兴奋地呼喊，拍照，

然后颤抖。只有颤抖才能抵御寒冷。

在晴天，毛茸茸的大洼，

会有落日在上面翻滚。

如果运气好，云彩中将露出翅膀，

你会看见天使和众神。

我的运气不好，赶上阴天，

北风来到大洼，带着它们的打手，

抓住芦花的细脖子，使劲往下按。

是的，是时候了，

荒蛮原始的大洼，应该显露它的野性。

应该有死者起身，哈哈大笑，

应该有强盗出没于历史，在夕光中豪饮。

应该允许胆小鬼发出尖叫，而其他人

继续拍照，在烟盒上写诗，

或者通过手机传递幻影。

那时我拍下照片，发送给莫须有的人，

都得到了回音。那时我坚持认为，

芦荡可能无边，而亲历者，

将在北风里发生弯曲。

那时芦花白茫茫，我看见一个瘦高个，

夹杂在人群中，正在快步走着，

他就是我，经过数不清的岁月，

来到了今天。两个我合在一起，

成为一个人。

今天也是深秋，啊，这么多深秋，

这么多熟悉的风。

风啊，要刮就乱到天上去，

要吹就往死里吹。

天空越来越薄，已经透明，

几乎可以听见上面的脚步声。

正在这时，水鸟轰然而起，

芦荡掀起波涛，天边出现了火烧云。

有人惊呼，天啊！

他喊了之后，人们一齐仰望，

随后惊呆在那里。我在我的体外，

发现了自己的灵魂。

2013年10月23日

## 芦苇荡

芦苇荡上的浮光在撤退　黄昏快要降临了

水鸟们飞到空中捕食蚊虫　开始它们的晚餐

晚霞也在飞　可能有神仙正在赶路

我是哪儿也不想去了　现在我很懒

就是秋风吹倒芦苇　我也无法回到故乡

2013年10月31日

## 深秋黄昏，在大洼湿地


太阳褪下了金色卷毛，
正走在回家的路上。在大洼湿地，
芦苇涌向天边，秋风在逃亡。


一群人来到湿地，
又能怎么样。
黄昏照样在弥漫。
衰老的芦苇，
已经白发苍苍。


随着夕光渐渐暗淡，水鸟漫天飞舞，
来自远方的云片正在赶往天堂。
我就不去了。我还有事。
你没见我竖起衣领，缩着脖子，
正在扎根，用生命抵抗这要命的凄凉。


2013年10月22日

# 汉中油菜花

油菜花开了，正黄加上金黄，

这样炫目的色彩必须浪费，随便泼在地上。

一片，又一片，从河边，

到起伏的山岗。

整个汉水流域都染遍了，我的妈呀，太美了。

要是我在花海里香死了，朋友们回忆我，

一定要想到幸福一词，并且必须提到：

汉人，汉语，汉江，汉中。


2015年仲春

215

# 静 女

时间是透明的栅栏。
去往远古的道路并未中断，
只是遇到了纠缠。

静女在淇水边等我。
为了见她，我用草帽，
替换了头顶的光环。

淇水岸边，桃之夭夭，
淇水之中，清波涟涟。

我要去见她，白昼老了，
苍天为我降下发光的夜晚。

我要去见她，
磨损了无数个身体
至今还未到达。

我要去见她，一世又一世，
都被时间挡在了外面。

淇水岸边，桃之夭夭，
淇水之中，清泜涟涟。

静女在《诗经》里等我。
我必须还乡。

一旦我走出自己的身体，
死亡也无法阻拦。

2015年4月7日河南鹤壁淇水边

217

# 侠客行

太行山有八个缝隙，供人们出入。

我只能走一条，其余的留给他人。

在夜晚，死者和流星可以发光，

而剑客必须蒙面，隐姓埋名。

那一年，我腰挎一把水果刀，

夜闯井陉关，

看见三个黑影，把月亮推向山顶。

我吓蒙了，似乎喊了一声。

也许没有喊出来。

那一夜，

群星蒸发，缩小成气泡，

远近悬崖沉默，吞下了我的回声。

2015年4月17日

# 飞 行

有一次我离开地球，在天上待了三小时，
但我最终还是下来，落在了南方。

一座城市等待了几千年，不是单独为了我吧。
它洒下的细雨我得收下，它拐弯的街道通向迷宫。

细想想，地球也是挺好的，
在所有的星星中，它离我最近。

许多人在地上挖坑，钻到里面长眠。
也有人一再更换身体，在世面上闲逛。

不说这些了。我要在一座宾馆里住下来，
休息一会儿，然后吃饭。

三天以后，我还要回到天上，
云彩太散漫了，需要我管管它们。

2015年4月23日

## 看　见

高速公路上摆起一溜红色警示桩，

汽车都在减速，

一个警察在指挥，另一个愤怒地指着远方。

顺着他手指的方向看去，一个人骑在太行山上，

似乎要逃离人间，又被乌云拦截，

在去留不定的北方。

2015年5月8日

# 路罗镇

超级胖的饭店老板娘一直在笑，她的幸福，
都体现在肉上。在太行山下，一百米长的路罗镇，
正方形的人不多，倒是一些细如柳丝的女子在风中摇摆，
让人不安。两个下午，我吃了同一家饭店。
两个下午，一个是暴雨浇灭心里的烈火，
一个是烈日当头，身上的每一个毛孔都在冒烟。

2015年5月8日

221

# 登太行

每次攀登太行山我都想，长这么高有什么用。

什么山不厌高，水不厌深，扯淡。差不多就行。


哪天我再造一座山脉，安放在华北平原上。

再造一个我，重写神谱，加进几个小矮人。


哪天我跟在上帝身后，骂骂咧咧，走出这苍茫的人生。

2015年5月28日

# 在大海上远眺雁荡山

在温州和温暖的边缘，大海停止泛滥，
让位给雁荡山。

这正是我所要的美景：
一面是奇峰孤绝而又连绵，
一面是渔船压住海浪，薄云来自天边。

就在那些重峦叠嶂里，一些老人，
成功转世。他们所需要的光，
已经泻下绝壁，正在深谷中回旋。

我还认识几个丫头，是神仙的女儿，
她们说话婉转，舌尖有点甜。

那什么，她叫什么来着？
就是最美的那个，她一转身，
就被山体遮住，然后变幻一个姓名。

223

如果天空再高一些，
我将看见她的倒影。

此刻海水正在涨潮。我的心红了。
怎么就红了呢？

等我下了船，我将立即回到山里，
一刻也不等待。

相比于雁荡山，大海太空荡，太颠簸了，
我需要躺在一个人的心窝里，才能安眠。

2013年11月3日

# 普陀山的月亮


天空没有道路　但月亮已经启程
在普陀山东海岸　有些星星到达了天顶


星星不论大小　一颗只有四两
而月亮却又胖又沉


上升是危险的事情　我必须走开
我待在这里　会耽误月亮的行程


这是一颗红色的月亮　我第一次
看见红色的月亮　我感到吃惊


海面上闪出了通红的道路
头戴光环的人可以走过去　和月亮合影


而我是个俗人　处在来去之间
有着太多的牵累　太少的时辰

一面是月亮　一面是黑影幽森的禅寺

中间是大海　和我内心深处的红尘


我知道自己的局限　但摆脱不了宿命

月亮啊　你帮不了我　你不懂得人生


我是自己毁了自己　我本可以走得更远

但我拒绝了远方　甘愿在命运里沉沦


月亮升起来了　而我走在地上

这是我的生活　我个人的私事


在这世上　我没有什么可埋怨的

我终因拥有过生活　而得到时间的承认


                    2004年10月22日

# 头门港

离岸30里．几个岛屿在串连，并相互靠近。

如果引桥再长一些，我将迫使浙江，

称它为彩虹。

在头门港．允许用海水养殖岛屿，

然后削平它，堆放集装箱和台风。

倘若弧形的大海不够弯曲，工程师会用钳子，

捏住小波浪，直到它变形。

这是我看见的事物：

2014年11月18日上午10点，

出现在岛上的人们，

一半是真的，另一半是身影。

我认识其中的一个，在转身之际，

露出了心里的裂缝——

"大工业使人变小"。他的感叹，

仿佛气泡，而一切并非空虚。

动用息壤的人门，

已经在图纸上建起一座新城。

我是说，头门港将逼退海浪，

在空气里突然出现，让收集晚霞的人，

必须绕过新楼群。

而现在，海边是空旷的，

梦想刚刚现出轮廓，

追梦人已经起步，用铅笔撬动银行，

向大海投下纸币和黄金。

我来早了，港城还未发芽，

我来晚了，浙江会嘲笑我，

身体慢于灵魂。

我必须赶在航船云集之前，

在高大的龙门吊下，抢先拍下大海，

如果阳光越来越厚，我将申请市政府，

刺激那些闪烁的波浪，像金融

掀起波澜。

现在，我有权要求海风，

再大一些，我需要两个身影，

一起飘动。

如果我借助身影飞起来，

诗歌会支持我翱翔，而汉语

将给我天空。

如果我有幸望见了圆形的大地上，

有一个港口正在施工，我会告诉人们：

这就是头门港。它的引桥30里，

它的岛屿连成一串，它的码头上，

来过几个诗人。其中一个飞了起来。

真飞了吗？连我自己都不相信。

<br>

                **2014年11月**

# 灯　塔

在天津南港码头　我夜观天象
发现星群中多出几盏灯


是夜众星飘移　大神的披风在天空里展开
唯独这几颗光亮　不曾有一丝移动


一定是有人在天上安装了灯盏　然后离开
他们不会在天空里留下脚印


这一定是什么记号　或是一个约定
在大海的边缘　星星不会无故散开
也不会无端地聚拢


果不其然　事实验证了我的猜测
围绕这神秘的灯火　从空旷的海上
刮来了凉风


先是有一束光　从星星里分离出来

随后是黑暗压住了海浪　　不让它们起身


我看到令人心跳的一幕　　发生在子夜里

一艘航船在游泳　　向海岸悄悄靠近


航船的后面是太平洋　　在太平洋上空

有人给星星充电　　迫使它们转动


时间后面的推手　　也加入了运作

让离去的继续离去　　让来临的依次来临


航船就要靠岸了　　凡是被灯火吸引者

都有归宿

就是永世漂泊者　　也有上苍的眷顾和指引


我知道这举到高空的灯盏

一定是接受了祝福　　有如最初的光

来自内心


这时　　我转身面向大陆

看见远处的灯火连成一片

整个渤海湾都在闪烁

大国的夜晚过于辉煌

既然星星不愿睡眠　就依了它们

既然月牙不需要水手　就让它独自航行


我站在一盏灯塔下面　我得到的光

已经够多了　如果我的血液开始燃烧

我也将变得透明


如果我透明了　我将成为自己的灯盏

谁会沿着我的家谱和身世　在命运里航行？


这是命中注定的一个夜晚

天空的光　尘世的光　生命的光

正在合而为一　天啊

我怎配承受这样的恩典


我不过是偶然来到海边　看见航船

回到了它的边疆　而黑暗围着灯塔旋转

四周散布着细碎的星辰

就算是人海茫茫　远方就是彼岸

以我这卑微的人性

还没有资格悬圭心灵的灯盏


但是我看到了光　正如航船

接受了灯塔的指引　我愿以这血肉之躯

佩戴那燃烧的光环


如果我的心也被点燃了　正在一点点融化

我愿意选择黑夜　以大海为背景

向星空索要席位　向土地扎下深根


就像这灯塔　孤绝　高傲　凌空而立

等待着归航者　从远方　从海上

来临


2012年2月22日

# 太行游记

## 一

我们经过一面山坡时　松鼠受到惊吓

一下子蹿到树上　然后停在树杈上往下观望

这一切发生得非常突然　当你缓过神来

注视它　它已经在别处隐身


初夏的阳光照在阴坡　并不炎热

但气温明显在上升　在我们走过的

林间湿地上　有几只野鸡的脚印


太行山往往是这样　要么悬崖直立

要么峡谷幽深　当你走在谷底

会看见岩石内部的阴影


说不定什么时候　松鼠会再次出现

它在石头上跳跃　有时捡起一个东西

抱住　转动　啃　然后迅速放弃

它的两只小爪子慌张而灵敏


这时有人喊了一声

我们也跟着喊了起来

在我们喊叫之前　太行山是静的

就是一块石头暗自挪移　也会引起轰鸣


二


邻近中午　我们到达了山巅

五月的山巅　低于六月

更矮的山巅被天空缩小　让人蔑视


有人凭高远眺　有人在大喊

而我认为山巅是用于滚石的

但我不敢造次　忍住了冲动


这时太阳的光束垂直而下　混合着空气

构成了暴力　在光与光之间的缝隙里

时间露出了它的密码　可惜我无法破译

相对于时间和暴力　山脉显出了耐力
而我就不同了　我必须在天黑以前下山
否则我将被留在天上　被迫发光
或者蒙面而行　不敢留下足迹


三

太行山的黄昏来自山洞
要么就是来自老人的内心
在下山的途中
我们遇见一个皱纹大于皮肤的人
他说　天快黑了　于是天就黑了


这个老人是谁　无人知晓
而我是谁　竟然也难以自辨


夜幕降临时　太行山是含糊的
如果再犹豫片刻　你将被抹去
只留下一个姓名

幸好山下的灯光次第亮起

有人用暗号与神通话　点亮了星星

在我们到达客栈以前

太行山已经完全融化

在夜幕里　几乎无法辨认


四


夜宿太行山　一群人都很兴奋

唱歌　聊天　折腾到后半夜

有人提出摸黑上山　有人吓破了胆

在星光下吐出苦水


最终　人们还是睡去

大睡者脱光了衣服　鼾声如雷

失眠者辗转反侧　双目失眠


我乘人不备溜出了客栈

数了数星星　发现少了一颗

天上可能出事了　我这样想时

远处传来了犬吠和鸡鸣

这里顺便说一句　山里的星星大于鸡蛋

但小于西瓜　至于芝麻大的灯光

就不用提了　凡人类所造之光

都将熄灭　只有神的家里一片辉煌

2010年5月6日

**图书在版编目（CIP）数据**

诗歌散记/大解著.—2版.—成都：四川文艺
出版社，2019.4
　ISBN 978-7-5411-5292-4

　Ⅰ.①诗…　Ⅱ.①大…　Ⅲ.①诗集－中国－当代
Ⅳ.①I227

中国版本图书馆CIP数据核字（2019）第039462号

SHIGE SANJI

# 诗歌散记

大解　著

责任编辑　　舒晓利　奉学勤
封面设计　　鸿儒文轩·书心瞬意
内文设计　　史小燕
责任校对　　王　冉

出版发行　四川文艺出版社（成都市槐树街2号）
网　　址　www.scwys.com
电　　话　028-86259285（发行部）　028-86259303（编辑部）
传　　真　028-86259305
邮购地址　成都市槐树街2号四川文艺出版社邮购部　610031
印　　刷　三河市华东印刷有限公司
成品尺寸　142mm×210mm　　　开　　本　32开
印　　张　8　　　　　　　　　　字　　数　160千
版　　次　2019年4月第二版　　　印　　次　2021年4月第三次印刷
书　　号　ISBN 978-7-5411-5292-4
定　　价　48.00元